歌集

運河のひかり

時本和子

砂子屋書房

＊目次

I

II

装本・倉本　修

歌集　運河のひかり

I

嘴打つ音

池めぐる樹樹の葉すべて払はれて対岸にまるい屋根をおく家

水量はけふゆたかなり池の面《も》にカルガモひくく嘴《はし》を打つ音

防寒衣着込んだ犬が過ぎるのを樹上に一羽のカラス見下ろす

柵の下を水流るると知る犬か首差し入れて覗かむとすも

洋梨の肩の細きをおもはせる急須ありたり朝の卓の上

くらぐらと雪ふる町となりてをり新聞をわが読みてゐる間《ま》に

台所の隅に古りゆく消火器がみづから泡噴くことのあらずや

「死ぬんだわ」ドラマの先を言ひ当ててそばの息子をおどろかせたり

ある日突然動くとせざる掃除機にどんな言葉をかけても遅い

電子音に歌詞まぎれつつ圧倒す井上陽水その蜜の声

息子の背に何か言ひたく思ひつくことのなければ「しつかりね」と言ふ

春の切り岸

谷越えてわれらが方《かた》へ来る鳶のあなまざまざと猛禽の貌

地中より滲《し》みでて春の切り岸をひかりて落つる雌滝《めだき》雄滝《をだき》は

いのちあるかぎり生長するといふ鯉の呑みたる花びらのかさ

一列に西に向かへる鉄塔は帰還してゆく兵士のごとし

昭和天皇誕生日なりしけふひと日風荒れて鉢の土の乾ける

圧縮袋に空気抜きたる羽根ぶとんの緊まりておもひがけなき重さ

鳩一羽とり出しさうな手つきして男性美容師髪さばくなり

みんな生きてる

二〇一〇年六月二日ソユーズ宇宙船（21S）カザフスタンに着陸

着陸せしソユーズに馳せ寄り覗きたる者の一声《いっせい》「みんな生きてる！」

ぬばたまの黒き日傘に行くわれを警戒せよと鳴くもののをり

六月の青葉若葉の照る道にときをり春の落葉ふるおと

ひめぢよをんの群落しろくひかりつつイネ科の草の枯れてうち伏す

ベンチにて動かぬわれは木の椅子とひとつなるべしすずめ寄り来る

雷《らい》過ぎて暑きゆふべはただ歩く　濡れて重たし垣のあぢさゐ

長からぬ漱石の一生《ひとよ》その間《かん》に一葉、啄木一生を過ぎき

啄木の遺児をおもへどその年譜一年後の妻の死もて終はれり

行路死人

生ひ繁る夏草になかばかくれつつ行路死人のごとき自転車

佐渡歴史伝説館　三首

黒髪の自動人形《ロボット》こなたを向きしとき七十五歳の世阿弥の素面《すめん》

うちつけに視野に入り来し売店のジェンキンス氏より目逸らすわれは

一瞬にあれど凝然と立ちつくすその目のいろを見たりとおもふ

ブルターニュの海辺に立ちて年かさの少女裸足を恥ぢらふごとし

一頭の河馬を

皇帝ペンギンは全員が同じ動きをする

ぜんゐんが同じことするペンギンは男子みたいと女子生徒言ふ

旭川動物園園長

三頭の河馬をればどれか一頭をよく見よと言ふ　一頭の河馬を

海底を巨大水母《くらげ》の動くときひと足ごとに種の殖ゆるとぞ

*

うつくしき背面跳をおもふかな海面《うなも》を高く鯨とぶとき

北京・上海

街路樹はポプラ、アカシア多くして北緯四十度のみどりは浅し

はつなつの故宮の庭に街上にしろく絮とびとめどもあらず

少年の溥儀にしてここは狭からむ紫禁城あまねく初夏の日のなか

霾ごもる北京の街にガイド李さん内モンゴルの黄砂と言へり

北京の胡同にて

上から見る姿いちばんうつくしと陶《すゐ》の大鉢に飼はるる金魚

母が来てわれが来たれる長城を早世したる父は見るなし

鶏の四羽ばかり手籠に押しこめて道に置けるは売り物らしき

見てをれば「いくら」と聞かる幾らなら買ふかといふ意であると知れれど

嵐近づく午後

むらがりて白詰草の咲くなかに犬すわりゐしはまぼろしのごと

顔の辺にまつはる虫をはらひつつ曇天のもと行く人われは

あるときにおもへば吉本隆明の眼鏡をかけし顔を知らずも

はくてう草みちの曲りにしなへるを男の體《たい》がさやりて行けり

あのときの出合ひ頭がすべてだと駅出でて道におもひ至りぬ

土埃のにほひにはかに立ち込めてはげしき雨のせまりつつあり

かき曇りたると見るときベランダの庇の下に花揺れはじむ

天井に張りつく小さき蛾とともに嵐近づくこの午後ををり

西安・敦煌

兵馬俑

自然光の入る館内　幾千の兵馬の俑に朝の日は差す

弓、矢、剣、手綱のなべて失はれ兵のまるめた手指の空洞

丈低き馬におもへり日本に木曽駒といふ在来種あり

敦煌

砂漠行く長き車中のをりをりにレース編針うごかす友は

鳴沙山《めいさざん》四十キロの砂山のつひに砂漠に消えゆくところ

観音の仰臥に似たる山稜のうすくたひらな胸のしづけさ

堆《うづたか》くぶだうを積みてトラックは砂漠の一本道に消えたり

背の上に鈴の音《ね》聞けりつなぎあふ最後の駱駝の首に鳴る鈴

複雑なかたちに脚を折りまげて駱駝はすわる立てと言ふまで

肉厚の足大きなり荷を背負ひ灼けたる砂を踏むための足

「敦煌賓館三十年史」に側近にかこまれて笑ふ鄧小平は

交《かう》河《が》故《こ》城《じやう》　（新疆ウイグル自治区）

周囲が断崖をなす台地にかつて王国があった

日干しレンガの凹凸がなす城跡《しろあと》は天《あめ》の下黄土一色の界

謎とされる嬰児古墳群

子どもらの墓《マザール》といふ一帯をあかあかと秋の入り日が照らす

ベゼクリク千仏洞にわれら見き目を掻きとられし壁画千仏

人影もなき平原に突として「火焔山人民裁判所」建つ

門《かど》ごとに石炭を盛り冬を待つ吐魯番《トルファン》に十月の日はあたたかし

帰宅 ――二〇一一年三月一一日

横浜駅西口広場の群衆に流れはうまれ歩きはじめつ

港北を指すらしき人の群れにつく　粛粛として列のびながら

道連れになりし人に言ふわたくしが歩けぬときはどうかお先に

午後七時帰宅するまで知らざりき交通手段の断たれしほかを

東北の津波映像は無音なりきときに鋭き声をひろひて

＊

「薄暗い渋谷もいいね」　ふり向けば草の葉そよぐごとき若者

運河のひかり

心配をするのは先のこととする　けさ晴れて立つ冬の積雲

鶴見線弁天橋に迷ひたりアウトレットの家具見むと来て

八十年余りのむかし土屋文明《ぶんめい》が見たる埋立て地を思はむとする

海芝浦支線終着駅

足の下を運河のくろき波が打つ海芝浦駅のホームに立てり

「出口のない駅」なればホームに海眺む来たる電車が折り返すまで

港湾の波のうねりにゆだねつつうねりのままに寄れる水鳥

端然と座れる人に斜光差しそのままなじりのはつかに動く

乗り合はす人それぞれに見てゐたり運河のひかり遠くなるまで

寒さゆるぶ日

寒さゆるぶけふの日差しにいろいろの鳥のしきりに長鳴きするも

群れなして津軽海峡渡り来し一羽かとベランダのひよどりに問ふ

みづからがさびしき椅子になりてをり窓の日差しの疾うに翳りて

をりしも頭の上で空調がふかぶかとながき息を吐きたり

「木かげ」なる名のありしかな十年を越えて働くわがエアコンに

さうだつた、この饒舌よ　新訳に読み返す『カラマーゾフの兄弟』

犬は日日おなじ気持でゐると言ふ槇原敬之のことば深しも

非常用パンの缶詰期限きてわりあてぶんをおのおの食べる

あめふらし

見下ろしに山峡《やまかひ》のまちのりんかくの見えてつつまし郡上八幡

子供御輿におとなの声のたかく添ふ　ばうぜんと行く子どももをりて

控へ目に差し出しくれし手をとほくおもひて石の河原を踏めり

車窓より小山てんてんと伏すが見え古墳群ならむと過ぎて思ひつ

春潮に打ち上げられしあめふらし波寄せるとき触角そよぐ

横たへて満ちくる潮を待つといふ雨降らし雨虎、己が名知らず

弁天島あたりいづこも平らにてわれが視線のとどまりがたし

四時間まへ

下級士族といへる暮しの豊かさのほど思はしめ赤彦の家

赤彦と妻が茂吉に蚤取粉をあたへしはここなる家の一夜か

ほたるぶくろひるがほの咲く山畑にそひてたづぬる赤彦の墓

杉木立の下来る写真　転倒する四時間まへのわたしが写る

ひとつ咲く節黒仙翁《ふしぐろせんをう》けふの日のさいはひにしてあふ朱《あけ》のはな

重さ失《な》くして

朝《あした》より金属音のしてゐしが窓にいきなり足場延びきぬ

外壁のタイル叩きて音を聴くわが子らよりもわかい鳶職

「養生」といふこと工事にもありてわがベランダは養生中なり

うすずみのシートめぐらしたる足場、空中散歩にわれを誘ふも

吹き上げる風ありぬべし鳩一羽重さ失《な》くしてかたむくが見ゆ

名のいまだ無ければ「赤ちやん」と呼ぶメール「心音すこし弱い」と遣《おこ》す

泣くほかの声まだ出でぬみどりごは声なくわらふ目は閉ぢたまま

われいまに持たぬバスローブのふはふはに赤子をくるむ「もうだいぢやうぶ」

昼夜なく空気清浄機うごきゐて三月《みつき》となれる子と母ねむる

皇帝ダリア

グラナダの道のほとりに売られゐき赤子の頭ほどの柘榴は

二〇一三年秋、初めて皇帝ダリアなる花にあう

屋根越えて咲くむらさきの花にあふ木にあらず草の花とも見えず

集落あげて植ゑたるといふ山峡《やまかひ》の一戸一戸に皇帝ダリア

秋天にうつつともなき花のいろ　隠れ里なることば浮かび来《く》

塀の上に大きな頭のぞかせて見てをり人が恋しい犬は

ぬばたまの月輪熊は人里にたまさか柿を食ひて捕らはる

自転車にをさなごを乗せ坂道をあへぎ来る人、あれはわたしだ

人並ぶところにならび五日ほども生きられさうなパンを買ひたり

水《すい》辺《へん》

この坂を下りきるまでもたぬだらうぶだうのいろの海の夕映え

いちまいのれーすがほどに立つしぶき入江陵介みづを掻く手に

逆さまに潛きてゐしが浮かび出で羽毛いちまい濡れざり鴨は

何のはづみか一羽奔ればみな倣ふ　かんがへるより大事なことだ

いま池のキンクロハジロ目測に五十羽以上七十羽以下

聞きなれた鴫とは思えぬ声に鳴く

飛び立ちて夕べのそらへ行く二羽の鳴き交はしつつその声透る

水音の重く立ちたり水の面《も》の黒くうねるをただ見たるのみ

池の辺をゆふべ行くとき闇うごきひとかたまりの水鳥が来る

II

場所の記憶

シチューのにほひ漂ひくれば壁へだて他人《ひと》の住めるを思ひ出したり

家内《やうち》より外あたたかき夕方のものなつかしさ秋のをはりの

外壁を塗りかへし家けふ見ればふたたび蔦が這ひはじめたり

「妙蓮寺水族館」なる看板あり暗く灯して熱帯魚売る

牛鷲くばかりの真闇くぐりけり　大菩薩峠の初秋《はつあき》のころ

闇の中やみよりほかに見ゆるなく水音だけが場所の記憶に

柵に首差し入れて川を覗きゐし犬あり分身のごと思ひ出す

交番はけふも留守なり入口のわづかの土に鳶尾《いちはつ》植ゑて

本棚の上のあたりにもう幾日《いくか》とぎれとぎれに鳴くカネタタキ

月と亀

このあした亀の水槽に亀をらず昨夜《ゆふべ》の月が掬ひたりしか

バナナいつぽん食べて始まるけふの日のすこやかであれこの一歳子《ひとつご》に

象さんが着て伸びきつたねずみさんのチョッキのところでこの子は泣くも

世界中いづこの果てにも人形のあるをおもへり人形館に

雨上がり路面にうつる空踏みて深井の底へ降りゆくこころ

娘一家が半年ほどを静岡に暮らした時期

娘《こ》の家より帰るこだまに「島倉千代子死去」と短くニュースながれぬ

十円玉電車の座席に置かれゐて人つぎつぎに見ては行き過ぐ

ずり落ちし片手をひざにひろひ上げふたたび眠りにおちる少女は

「まもなく渋谷」と放送ありてからが長し本も眼鏡もしまひたりしよ

同じ電車を降りたる人らおのづから距離をとりつつ夜の道帰る

清掃士

息子をうたふ歌に笑ひのこみ上げて車中「歌壇」で顔おほひたり

秋とびこえ冬来たりけり青年がある日初老と気づくのに似て

浴室の戸は鎖されたり清掃士の青年ひとり内に籠もらせ

浴室にひとり籠もれる青年を鶴の化身のごとくおもひつ

生協の宅配便の来るころか立ちて洗面所の鏡をのぞく

細長きダンボール箱に寝かされて正月用の生花来たれり

待ちてゐし雪とはならずこのいへに居た日のやうに息子帰り来《く》

三月《みつき》ぶりに帰りし息子キッチンを見遣りて冷蔵庫のかたむくを言ふ

やはらかに刃をすべらせる香りよき洋梨《ル・レクチェ》の残るひとつに

座らせることあきらめて十三歳《じふさん》の姉が描きし「眠るおとうと」

水仙

きさらぎの空ひくく浮く白雲にわが投げ上げむ水仙ひとくき

番になる

雄《を》のマガモくるり回れば雌《め》のマガモくるりとまはる春の水の上

その肩につむりあづけてありしかど覚めてあなたが誰かわからず

寒き日の鳥山川《とりやまがは》を越えて行く一年かよひ来し病院に

伐られたる桜の枝の切り口に積もりぬみじかく降りたる雪が

二ばんざか

垂れ籠めて朝よりあれば誰も来な声もかけるなわれは雨雲

飛び立つや押し戻されたる椋鳥の二羽はふたたび疾風《はやち》のなかへ

日面《ひおもて》のさくらを見むとまはり来れば同じおもひの人ひとりをり

白バイの荷台にしろくひかる箱　大き卵ひとつ容るるならずや

重なれる蝦蟇の二匹の動くとき春のゆふべのけはひ濃くなる

電源を切りしテレビは隠沼《こもりぬ》の暗さ湛へてわれをうつせり

ベランダの椿の若木の影ゆれて白頭鳥《ひよどり》が蜜を吸ひに来てゐる

朝道《あさみち》の電柱に読む「二ばんざか」一ばんざかはいづこにありや

散りがたの桜並木に山鳩の川をへだてて鳴き交はす声

砂浜はとりとめもなくまぶしくて石をひろひて渚をあるく

はなぐもりの空押し上げて大仏の前かがみなる背のまるきかな

百近くかぞふる寺を遺したるくるしみ多きもののふの地は

人影のなき午後の寺　いろうすき蝶ひとつ来て見えながら消《け》ぬ

古風なる西洋婦人をおもふかな頭部ちひさき鳩があゆみ来

緋の鯉と黒き鯉とは相寄りて浅瀬にぐらりすれちがひたり

池に向くベンチにコロッケ食《た》べゐる母子に五月のゆふべのひかり

ちちおやと見たる花火を言へるらし　児はわれを見て「あ、あ、あ、ぼおん」

百花譜

ゆりの樹の花咲く下を赤子抱くわかきふたりは過ぎて行きたり

春の日を男女つどひて里山にうたひ交はさむ　瓜久保狐久保*

*古く伝わる地名

げんげ田に花かんむりを冠りたる娘七歳　きのふのごとし

山道になにげなきかも現れてやまばといろの山鳩一羽

酢キャベツをつくらむとしてひと玉を刻む真昼のしだいに憂しも

わが添へし支柱をきらひあさがほは木春菊《もくしゆんぎく》の茎にからめり

ベッドの上に朝の体操するわれをこまつたかほの男孫《をまご》見上げる

つばくらの声ははしれりこのあした商店街の軒を掠めて

著莪《しやが》の花咲けばおもひのゆくところ木下杢太郎百花譜のうへ

夕方のひかり充ちゐる時の間の刻印として鳥影ひとつ

「ないねェ」とをさなごが指差す空を見れば昨夜《ゆふべ》ここから見たる月なし

夏の花

川上はいづれかと橋に立ちて見つながれとぼしき鳥山川を

電車待ちつつ日傘たためばわがほかに二人《ふたり》三人《みたり》とゐるなつかしさ

寄宿舎の庭に写れるわかき母をさびしさうだと妹泣きき

こはばるかさびしげなるか笑ふことすくなき古き写真の人びと

いますこし小《ち》さく目立たずあらばよと母をおもひき十一《じふいち》歳のわれ

参観日の母親たちのなかにありて垣の向日葵のやうだつた母

どれほどか見ずに過ぎたる日日ありて月は大きく上りてゐたり

「ああ若い人はきれい」と言ひたりし母と同じきこといま思ふ

睡蓮

整形外科、眼科、皮膚科と三医院めぐりて夏のひと日充実

洗眼はするなと結論から言へるおよそ笑はぬ女医になじみ来

「むかしはみんな垂れたままでした」後天性眼瞼下垂をかくも言ひたり

明日《あした》まで待たされるかとおもつたと言ひて老女が受け取るくすり

玄関に掛かる「睡蓮」の複製を二年もたつころ夫が褒める

土佐水木、山茱萸《さんしゆゆ》　友のうたに読むわれの枯らしし花の木の名を

一日九時間「世界陸上」テレビに見テレビが中断する間《ま》を動く

「おひまでせう?　何してゐるの」九十歳《きうじふ》になる人電話の向かうで言へり

木の箱またダンボール

母逝きて幾年ふいの哀しみはダンボールの空き箱抱へたるとき

百余りの鉢にミニトマト育ちつつ朝の校舎をつつむしづけさ

冷蔵庫は木の箱なりき朝ごとに炭屋が氷はこび来たりし

上は氷を下はスイカの半分を入れればいつぱいだつた木の箱

ダンボールに潰したダンボール詰め込んで青果の露店閉ぢゐるところ

回収待つダンボールのうへ母が忌のさるすべりの白き花こぼれをり

ダンボールの縮め方などあさイチに見てをれば午前も半ば過ぎたり

舘山寺

浜松駅の構内に会ひひとわたり息子を眺む　半年ぶりか

除草剤を撒きたるといふアパートの庭うつすらと芝草おほふ

浜名湖をくるまに回《めぐ》り舘山寺にふたり鰻を食べしもあはれ

秋野不矩美術館へのさかみちをともに行く日のつくつくぼふし

みづからの網にかかりしごとく見ゆ脚ひろげじつと動かぬ蜘蛛は

寝姿のあまりに愛しきもののため狗尾草を摘みて帰らむ　田村よしてる

狗尾草摘みたるひとはけふのやうな残暑の日中《ひなか》を歩いてゐたか

秩父吟行の案内を引き受ける羽目になって

芝桜は臭いんだよと声低めき肥料のせゐだと思はぬ田村さん

転倒せしわれを気遣ひくれたると三年ほどして人づてに聞く

十三夜のしだいに明き月の面《も》をトンボ一ぴき過りてゆけり

彼岸電車

南西の庭にひらける畳踏みしのぶえの音《ね》は近づきにけり

あひ寄りし篠笛二管ふたたびを離《か》れゆくときの相聞ふかし

降る雨を身ひとつに受け鳥をり電柱のさきにアンテナのうへに

思い出すこと　森岡先生二首

雨の日は好きと言ひけるその声をよみがへらせよ長月の雨

羽化したる蚕蛾《かひこが》に口の無きを言ふ目見《まみ》うつくしく口なきと言ふ

巨大なる白龍の腹としばらくを並走したり彼岸電車は

菊花展の厚物咲《あつものざき》とみちへだて松の根かたに咲く野紺菊

蟬穴の埋まりし地《つち》に影ひろげ樹は覚えてゐない蟬たちのこと

四歳

かしこさは四歳以上といふカラス　わが四歳の男孫《をまご》といづれ

一週間前には「でんしや見る」と言ひ「でんしや見たい」とけふは言ふなり

をさなごの執着はときにひとむらの猫じやらしの穂をありつたけ抜く

吹き降りとなりたる道もたのしくて児は「どしやぶり」の一語を覚ゆ

これの世に四年余を生き「どうぶつはきらひおさかなとへびと、むしもすきなの」

ポスト

妙蓮寺駅前ポストはあるあした自動販売機に並ばれてゐき
なすこともなく朝夕をただそこに立つてることが大事なポスト

桜餅一つ二つは買ひがたし　けふ一つ買ふコンビニおにぎり

ベビーカー押しつつ若いちちおやが袋の口からアンパンかじる

人形が出てくることもいまはない大時計の下、人は人待つ

ブラインドの下三センチの隙間より春の陽を見る歯科治療台

曇天の空と丘とがつながつて視界かぎる日　余所へは行かぬ

耳をつかみウサギを下げし感覚が春の夕べの手によみがへる

隣家

われに小さき庭あれとおもふ栲《とねりこ》にけぶれるやうな花咲くときは

あかつめくさ、しろつめくさの咲くところ犬と人をりわれも座らな

ベンチの上に少女はひとり座りゐて芝に脱ぎたる靴を写生す

胴太き緋の鯉一尾わが方へ圧《お》しつつ来ればわれは踏ん張る

花に埋もるる隣家《となりや》つひに終へるのか　門《かど》の桜の樹が伐られたり

隣家のいつさいは消え天地いまさへぎるもののなくて向き合ふ

まはだかの地《つち》に日は照り草萌えて見知らぬ時がめぐりはじめぬ

夏の声

てんてんと乾びる蚯蚓またぎ越ゆ　照りつける道に出でて死にしを

池の面《も》にうつる日のかげ樹の影の分けあふところ往き来する鴨

雨ほそく降るあさ二羽の青鷺は木の枝《え》にからだ沈めて憩ふ

池の上の空引き攣らせ蝙蝠の飛び交ふこともいちにちのうち

鳴き止《さ》して去にし山鳩　途切れたる音《ね》はあるときの息子《こ》をおもはする

祭りくらゐ独りでだつて行くよ息子よ　さうして来たしこれからもさう

並行する在来線に瞬時見ぬむかしながらの鉄道ぐさ＊を

＊姫昔蓬《ひめむかしよもぎ》の別称

汝《な》が住めるアパートの庭にそそけゐし姫昔蓬をりふし浮かぶ

子が三歳になった春、一家で近くに越して来る

ひともと高きポプラを西と東から見る位置に住む　娘とわれは

ひぐらしの声降りくれば真似て鳴くをさなごと夕べ上る坂道

日曜の午後のことにて突然にわが両耳はふさがれたりき

ステロイドをつかふ選択のありしこと一年ほども過ぎて知りたり

ふたが外れなかばもどりし聴力は人より鳥の声をよく聞く

しづかなる夜わが耳はひろひたり闇のどこかで鳴く犬の声

映り出て象のまぶたに不揃ひの長き睫毛のはかなかりける

サバンナに木になりすますといふキリン　キリンのふりするすずかけ一樹

雲の影過ぎて行きけりおもひきり枝詰められしすずかけのうへ

蚊食鳥

暮れのこる空に音なくカウモリの飛びゐる下を人帰りゆく

夕空を掻きみだし飛ぶ蚊食鳥　この昼まちのいづくに眠る

左手に握りていつか覚えなきどんぐりひとつ持て帰り来ぬ

百キロの蜜柑生る木を見に行かな山元に嫁ぎし叔母の在るうち

まはりから「上海の小母さん」と呼ばれゐし人もありたり遠き縁者に

よき出会ひありて秋の日「起雲閣」千鳥の間《ま》にてうたを読みあふ

「粗末な巣を作る」と解説する事典　キジバトにとりて十分な巣を

間　八

声長くひきて喚びあふヒヨドリの二羽よ一本のゆりの樹にゐて

ゆふぐれの道に口笛吹くこともいつしか人はしなくなりたり

寝室にわれを誘ひてをさなごは「海の生きもの」図鑑をひろぐ

「おばあちやんとおなじくらゐ」と児が言ふは体長一・五メートルの間八《かんぱち》

あづさゆみ還るなき五年の日月《ひつき》あり子供さびたる児を見てをれば

両の手をはばたかせつつ走りゐき三つのころのこの児忘れず

桃玉菜の樹

翡翠色の海に浮かびてほそながき沖縄本島近づきにけり

門先に月桃《げつたう》の咲くたたずまひ二年《ふたとせ》まへのけふの日のまま

辺野古崎を望めば青くすむ海をかぎりて赤きブイが連なる

黄土色の粒子こまかき砂浜をはじめて来たる日のやうに踏む

多くのいのちが助かったという

磯をつたひ磐根攀《よ》ぢりて島びとがひそみしといふ洞窟《ガマ》に立ちたり

日を追って南へ移る戦跡

南へと追ひつめられし人びとの足取りたどる戦跡地図に

平和祈念公園　沖縄戦におけるすべての戦没者二十四万人を記名

平和の礎《いしじ》一基一基の傘となり枝よこに張る桃玉菜《ももたまな》の樹よ

モモタマナの下にし立てば夏の日をさへぎりて涼し礎も人も

鳳凰木の木よりこぼれし緋に燃ゆる花びらふたつ手帳に挟む

沖縄戦・北部

山原《やんばる》の森は六月の雨にぬれ「少年護郷隊」の碑は立てりけり

軍人用平屋住宅に芝の庭　横浜山手に見慣れたるもの

三歳《みっつ》のわれの前にしやがみて一枚のチョコレートくれし米兵ありき

チャンプルー定食半分ほども食べ得《たう》ず口の奢りとおもはざれども

紅型《びんがた》のめがねケースをひとつ買ふ　友のすすめる明るい色を

映画館に「ひめゆりの塔」を観し記憶まだ若かりし母に連れられ

服のまま海にはいりて髪を梳く場面は子どもの目に焼き付きき

帰り来たりし横浜駅のホームにて那覇に買ひたる水を飲み干す

樺の木

千歳空港をあとにし走る沿線の木立に樺の木の幹しろし

はつなつの小樽のひと日たけたかく花茎ほそくたんぽぽ咲けり

市立小樽文学館（多喜二誕生を、母は八月、役場は十二月、年譜は十月とする）

母の記憶、役場の記録、年譜とで異なる多喜二生まれたる月

伊藤整「海の捨児」の詩碑は立つ小雨ふる塩谷の海を背にして

神威岬

足もとに鳥鳴く声の絶え間なしいちめんクマザサの傾《なだ》りを行きて

ぎんなん

空深き真昼来たりてぎんなんをひろふはたのし　ひろふ間《ま》も降る

ぎんなんをひろへるわれの帽子撃ちぎんなん降り来《く》一度二度まで

十代終はる頃に出会ひし一人消ゆかれの記憶のなかのわたしも

あのころの男子は誰もさうだつた黒いとつくりセーターを着て

効能のうちといふべくいちにちを鎮痛剤にねむる間《ま》長し

ふとありて己が右手で左手の手首つかめばさびしきこころ

おおスザンナ泣くのぢやない　メロディーは繰り返さるる電話の向から

気難しき片耳ピアスの美容師の手がせんさいに鋏をつかふ

ぎんなんの重さに堪へし苛烈見ゆ銀杏《いちやう》の雌木の枝はねぢれて

ベンチに座るわが足もとを包囲せむごとくに鳩ら距離つめて来る

共和暦もしくは革命暦

革命暦に「霜月」ありてにつぽんの霜月師走ゆきあひの頃

その朝

夜の会を辞して帰るさ公園のうすき明かりにうづくまる蝦蟇

固まりてうごかぬ蝦蟇の向く先にとろりと黒き水面《みなも》はひらく

手の窪の水にまなこをあらひをり泉にかがむわれをおもひて

ダウンコート午後の日差しに膨らみてベンチにわれはみじかく眠る

その朝にかぎりわが乗る七桁の列車番号を読みて憶えつ

07K5866　何ごともなくて横浜に着けば降りたり

「りくちゃんのおばあちゃんだ」「りくちゃあん」ひとの世話する女の子をり

ものの名のひびきが児にはおもしろい「やゝぶゝからゝしゝやゝぶゝからゝしゝ」けふ道に見て

独り歩きしたることなき娘の子、小学生となる二週間後に

海のやうだと娘は言ひき　満開のさくらは漕いでゆけさうだつた

いちごのパイ一つをわれにくれる児の何とうれしげな顔するものか

III

切れぎれの夢

公園の木の枝《え》に朽ちる枇杷の実を見上げてゐたり雨止まぬ日に

傘を打つ雨のひとときは強きときクヌギの下を通りかかれり

池の面《も》に降り込む雨をながめゐて気が付けば六月十五日なり

上顎に麻酔効くのを待ちながら切れぎれに見る夢のいくつか

海を渡りし明治の人ら　子規はかばんを小泉八雲はトランクを提げ

松山にロシア兵墓地のあることを思ひてゐたり地図にながめて

ミャンマーといま呼ぶ国をおもふとき鸚鵡を肩にひとり行く僧

わが窓を過りてゆきし鳥影のあの重さあれはみづとりの鴨

にんげんのやうなる声にからす鳴く日照り雨ふるフランス山に

八十歳《はちじふ》を過ぎたるひとと薔薇の香の氷菓なめつつしみじみとをり

家

独りゐる家内《やうち》に鈍き音のせり見えない壁の中のどこかで

窓近く木立がせまる娘《こ》のいへは夜のをりをりヤモリが覗く

娘のいへの東の口をまもりゐる衛士《ゑいし》のごときモミヂバフウの木

義父母《ちちはは》の亡くて住む人なき家に年に二、三度夫出掛ける

ちちははが長く暮らしし家ひとつ残ればそこが夫《をつと》のふるさと

漕ぎ出でむつもりなけれど朝は見るむかひの屋根の風見の船を

二階より鳩に餌《ゑ》をやる老女ゐてをりをり見しも過ぎし日のこと

群れながら鳩おのおののつくる影　ああ遠き日の投影図法

港北の背

篠原橋は港北の背に架かる橋　ま中に立ちて折り返すなり

カーブミラーがうつす世界を覗かむとわれとわが身をうつしてしまふ

後ろから徐行して来るバスの影、日傘ごと影のわれをのみこむ

信号のところで点字ブロックは綱島街道をそれて行きたり

かぞへつつ踏む石段は六十段こえたあたりであやしくなりぬ

丘の上の鉄塔六基　あるときは六人の兵士が歩めるごとし

何見るとなくて歩みは尽きてをり秋の気色の「汽車道」を来て

羽化したるときのちからに空蟬はしがみつきをり草の葉裏に

夜昼のあらぬ地下より出でしとき空に夕べのひかりありありたり

祝ひ着

遠き日の歯の根の合はぬ寒さなど思ひ出しつつなつかしき朝

あさもやの映像のなか雪原をあるくは鶴にして鶴ならぬもの

七歳の祝ひ着のわれをともなひし叔母をきれいと人が褒めたり

離れ住む息子が奥歯一本をうしなひしことわが身にひびく

ていねいに灰汁をすくひてなほすくふ皿にスープの澄みて寂《しづ》けし

段ボール力まかせに引き開けて釘飛ばしたるけふのわたくし

わが言《こと》をみなまで聞かず「ハイハイさうね」せつかちなこの友を愛して

一夜置き脂のしろく浮きたるを除《と》りて二人分のポトフ温む

鳥

うばぐるま眠る双子をのせて来る水鳥の棲む池の方から

冬日差す池の隈廻《くまみ》にただじつと浮きゐる鴨のひと群れのをり

まばたきをせぬ鴨の眼がわれを見る水中にては藻などさがす眼

冬枯れの葦の間《ま》ほそく空《す》くところ一羽の鷭が顔を出したり

ドトールのとなりの卓の一歳児《ひとつご》がふくろふのやうな声しきり上ぐ

人はいつか死ぬものと知り初めし児が「しまないで」と言ひき四歳のころ

自らを「りくちやん」と言ひしをさなごに「りくちやんはいくつでしむの」と聞かれき

「かつこんたう」と声にいふときこの居間に棲める一羽の鳥をおもへり

ああ友よ思つてもみて洗濯機が羽根ぶとんを嚙んだ後《のち》の慘憺

池へ伸びる木の枝《え》に午前ゐて午後もゐる青鷺よなれに問ふことがある

青鷺のとまれる枝のすぐ下を鴨の一羽がくぐりて行けり

握りこぶし

かぶさりて押さへ込むなり仕舞はむとすれば逃げゆく羽毛ぶとんを

あかちやんがひとり目覚めてじつとみるじぶんの小さな握りこぶしを

チルド室の奥よりハムのひとひらが出で来ぬなかば凍みなかば乾びて

鍋のなか口の開《あ》かざる一つあり殻いっぱいに泥砂嚙んで

アレクセイ・ナワリヌイ氏毒殺未遂事件　二〇二〇年八月二〇日

化学兵器を手中にしつつ一人《いちにん》に毒盛る発想の古典的なる

かりそめに埋めたる種のアボカドはわが胸つ辺を圧《お》して立つなり

みどりごはじぶんを抱くちちおやを頭反らせてをりをり見上ぐ

額紫陽花　――二〇二〇年春から夏へ

槻《つきのき》の樹の間より差す夕かげに方向もなくユスリカが飛ぶ

いつもなら高齢男性が駅頭にならびて護憲のビラ配るとき

公園のベンチに傘差す人ありてわれかとおもふ一瞬なれど

雨ににごる池のおもてに金色の背を曳きながらゆく一尾あり

水溜りをひろつては踏むをさなごを追ひかけてゐるちちの雨傘

あまき香はマスクとほして匂ひたり黄心樹《をがたま》のはな咲く門《かど》過ぎるとき

めがねごと顔面卓上に落ちて醒む　鎮痛剤リリカけふ効きすぎて

手術せず「逃げきれ」と佐々木医師は言ふ　逃げきれといふことばなかなか

歩行のための歩行にあれどまだわかき桑の実が落つけふ坂道に

坂道を上り来るひと空に目をやりて鳥鳴く声を聞くらし

額紫陽花の額のももいろ　彩刷らばコロナウイルスはこんな感じか

日に二回水替へられてプラスチック容器のうちに育つ豆苗

眼がかすみきたるゆふべは読みがたく蛇口の下に眼鏡を洗ふ

いづこにか二十日の月は照りてゐむ　ちからあるこの夜の白雲

夜の空に雲すごきまでしろきときわが向う見ず頭をもたぐ

白詰草に赤詰草の追ひつきて入り混じりつつ花野なすここ

朝六時睡りの後のすずしさに池のおもては澄みわたりをり

池の縁に生ふるヤマユリ身を投げむばかりに水に傾きて咲く

この夏の最初の蝉の声きけば世に蝉あるを思ひ出したり

リフォーム

雨音のとどかぬ部屋に住みをりて黒く濡れたる舗道見下ろす

吹き降りの日には濡れつつ渡りたり体育館への渡り廊下を

大鷲がつばさをひろげたるさまに壁の面《も》をながき両腕が撫づ

壁紙貼るその手さばきを見てゐたりすこし離れた脚立にすわり

十八《じふはち》歳の左官見習ひ凜くんはくつ下脱ぎて本棚を押す

電気工実習生はベトナムの人にて技能ありころばへよき

床に近き隙間貼るとて横臥する人を見下ろしてはならぬなり

気が付けばポプラは黄ばみつつ透けぬ職人さん入りて十日余りに

遮断桿

ドア開《あ》かず前の車輌に走りけりホーム短き九品仏駅

遮断かんの「かん」はさをかとわれは問ひ駅員さんは「さを」が分からぬ

上下二路線おもひ事して渡りをれば「遮断桿」わがまへに下り来る

踏切に待つときかげの過りしがさいごか目纏《めまと》ひはわれを離れぬ

日日歩く駅前通りにあきらかな傾斜ありファミマ二階より見て

睦月七日の風の冷たさ負はれたる赤子のうすき髪を吹き上ぐ

寝むとして見るときいつも灯りゐる向かひの窓におやすみを言ふ

髪切りて現れし左官小木さんとけふが仕舞ひの挨拶かはす

硝子戸に強化フィルムを貼る人のさながらパントマイムの動き

ひよどりが日のをりをりに影うつしわがオリーブの実を食べに来る

空想のうちに息してゐるやうな二日《ふつか》三日《みか》あり　立ちて動かむ

あとがき

『運河のひかり』は、『遠景』に続く私の第二歌集になります。二〇〇九年から二〇二一年にかけての作品から四一三首を選んで一冊としました。編むなかで並べ替えはありますが、ほぼ製作順です。

この間は、日常に予想外の変化のもたらされた時期で、一つには娘に子どもが生まれたことがありました。当時娘は、転居に次ぐ夫の単身赴任で周囲に知り合いはなく、私は横浜から東京北区の娘のもとへ通い、子の生長を身近に見て過ごすことになりました。「五歳までは神様」ともいわれ、幼い子どもがその時どきに示す思いもかけない反応や言動は面白く、ときに不思議で、またどこか奥深いものを感じさせるところがありました。

本集をⅠⅡⅢとしたのは一冊を編むうち自然にそうなったものです。Ⅰ（二〇一三年まで）の歌を見ると、比較的あちこちへ出掛けた時期だったと思います。ほとんどが結社の歌会や吟行ですが、北京から西安、西域への二度の旅は、旧友が声を掛けてくれたことによります。Ⅰの終り頃に孫が誕生し、Ⅱはその子が小学校に上がるまでの時期に重なります。その間に息子夫婦に女の子が誕生しました。二〇一五年には、ずっと念願だった沖縄への旅がこれも旧友のおかげで実現しています。

二〇一九年以降の歌をⅢとしましたが、幼子との密なるときは過ぎ、二〇年春にはコロナウイルスの猛威により生活環境は一変、家に籠もり、外では人との距離に神経を使う一方で、木や草や道端の花などがことさら親しく思われました。

私の住む町は丘陵に囲まれた谷間にあり、わが家から歩いて五分ほどのところに古い池を擁した公園があります。私が日課のように立ち寄る池には、軽鴨、金黒羽白、真鴨など水鳥が冬場を過ごし、ここで夏に雛を育てる軽鴨もいます。ふだんは人の少ないこの公園に、「緊急事態宣言」中は、午前中から小学生が集い、なかでも幼子を連れた父親たちの姿がそこここに見られたのはかつてない光景でした。

『運河のひかり』は、鶴見線海芝浦駅を、最初に訪れたときの一連から歌集の題としました。運河に沿ってふり返ると、強い西日が港湾を照らし出していました。日々散歩する丘からは、港湾や「つばさ橋」が望めるという親しさもあります。

二〇一一年には東日本大震災が起こり、いまは、パンデミックの先行きが見えない状況です。この歌集を思い立った時、ロシアによるウクライナ侵攻など想像もしませんでしたが、ウクライナの人々が被っている惨禍と苦難の日日に、時を同じくして作業を進めることになりました。

本集は「短歌人」掲載歌を中心に、同人誌「夏至」掲載歌、その他によります。

入会以来、寛容をもって受け入れてくださった短歌人会の皆さま、折々に教えを乞うた先達、歌について語り合える友人たち、十年間同人誌を共にした仲間、多くの方々に支えられてきました。本当にありがとうございました。

小池光さまには当初よりご指導を頂き、この度はさまざまにお力添えもいただき、深く感謝しております。

花山多佳子さま、渡英子さま、小池光さまに、お忙しいなか身に余る栞文を賜りました。まことにありがたく心からお礼申し上げます。

歌集ができましたら旧師森岡貞香先生の墓前にご報告したいと思っています。

出版に際しましては、砂子屋書房の田村雅之さまにすべてご配慮頂きました。

装丁を倉本修さまにお願いできましたのも喜びです。厚くお礼申し上げます。

この歌集をお読みくださった皆さま、ありがとうございました。

二〇二二年七月

時本和子

著者略歴

時本和子（ときもと　かずこ）

神奈川県横須賀市生まれ
一九七〇年代中頃から折々歌を作り始める
一九九二年　「石疊」入会
二〇〇七年　「短歌人」入会
二〇〇九年　第一歌集『遠景』上梓
二〇二一年　第六十六回短歌人賞受賞
現在　「短歌人」同人　日本歌人クラブ会員

歌集　運河のひかり

二〇二二年一〇月二六日初版発行

著　者　時本和子

横浜市港北区篠原東三―一―八―四〇四（〒二二二―〇〇二二）

発行者　田村雅之

発行所　砂子屋書房

東京都千代田区内神田三―四―七（〒一〇一―〇〇四七）

電話　〇三―三二五六―四七〇八　振替　〇〇一三〇―二―九七六三一

URL　http://www.sunagoya.com

組　版　はあどわあく

印　刷　長野印刷商工株式会社

製　本　渋谷文泉閣

砂子屋書房 刊行書籍一覧（歌集・歌書）

2024年８月現在

＊御入用の書籍がございましたら、直接弊社あてにお申し込みください。
代金後払い、送料当社負担にて発送いたします。

	著 者 名	書 名	定 価
1	阿木津 英	『阿木津 英 歌集』現代短歌文庫5	1,650
2	阿木津 英 歌集	『黄 鳥』	3,300
3	阿木津 英 著	『アララギの釋迢空』＊日本歌人クラブ評論賞	3,300
4	秋山佐和子	『秋山佐和子歌集』現代短歌文庫49	1,650
5	秋山佐和子歌集	『西方の樹』	3,300
6	雨宮雅子	『雨宮雅子歌集』現代短歌文庫12	1,760
7	池田はるみ	『池田はるみ歌集』現代短歌文庫115	1,980
8	池本一郎	『池本一郎歌集』現代短歌文庫83	1,980
9	池本一郎歌集	『萱鳴り』	3,300
10	石井辰彦	『石井辰彦歌集』現代短歌文庫151	2,530
11	石田比呂志	『続 石田比呂志歌集』現代短歌文庫71	2,200
12	石田比呂志歌集	『邯鄲線』	3,300
13	一ノ関忠人歌集	『さねさし曇天』	3,300
14	一ノ関忠人歌集	『木ノ葉揺落』	3,300
15	伊藤一彦	『伊藤一彦歌集』現代短歌文庫6	1,650
16	伊藤一彦	『続 伊藤一彦歌集』現代短歌文庫36	2,200
17	伊藤一彦	『続々 伊藤一彦歌集』現代短歌文庫162	2,200
18	今井恵子	『今井恵子歌集』現代短歌文庫67	1,980
19	今井恵子 著	『ふくらむ言葉』	2,750
20	魚村晋太郎歌集	『銀 耳』（新装版）	2,530
21	江戸 雪 歌集	『空 白』	2,750
22	大下一真歌集	『月 食』＊若山牧水賞	3,300
23	大辻隆弘	『大辻隆弘歌集』現代短歌文庫48	1,650
24	大辻隆弘歌集	『橡（つるばみ）と石垣』	3,300
25	大辻隆弘歌集	『景徳鎮』＊斎藤茂吉短歌文学賞	3,080
26	岡井 隆	『岡井 隆 歌集』現代短歌文庫18	1,602
27	岡井 隆 歌集	『馴鹿時代今か来向かふ』（普及版）＊読売文学賞	3,300
28	岡井 隆 歌集	『阿婆世（あばな）』	3,300
29	岡井 隆 著	『新輯 けさのことば Ⅰ・Ⅱ・Ⅲ・Ⅳ・Ⅵ・Ⅶ』	各3,850
30	岡井 隆 著	『新輯 けさのことば Ⅴ』	2,200
31	岡井 隆 著	『今から読む斎藤茂吉』	2,970
32	沖 ななも	『沖ななも歌集』現代短歌文庫34	1,650
33	尾崎左永子	『尾崎左永子歌集』現代短歌文庫60	1,760
34	尾崎左永子	『続 尾崎左永子歌集』現代短歌文庫61	2,200
35	尾崎左永子歌集	『椿くれなゐ』	3,300
36	尾崎まゆみ	『尾崎まゆみ歌集』現代短歌文庫132	2,200
37	柏原千恵子歌集	『彼 方』	3,300
38	梶原さい子歌集	『リアス／椿』＊葛原妙子賞	2,530
39	梶原さい子歌集	『ナラティブ』	3,300
40	梶原さい子	『梶原さい子歌集』現代短歌文庫138	1,980

	著者名	書名	定価
41	春日いづみ	**『春日いづみ歌集』** 現代短歌文庫118	1,650
42	春日真木子	**『春日真木子歌集』** 現代短歌文庫23	1,650
43	春日真木子	**『続 春日真木子歌集』** 現代短歌文庫134	2,200
44	春日井　建	**『春日井　建 歌集』** 現代短歌文庫55	1,760
45	加藤治郎	**『加藤治郎歌集』** 現代短歌文庫52	1,760
46	雁部貞夫	**『雁部貞夫歌集』** 現代短歌文庫108	2,200
47	川野里子歌集	**『歓　待』** ＊読売文学賞	3,300
48	河野裕子	**『河野裕子歌集』** 現代短歌文庫10	1,870
49	河野裕子	**『続 河野裕子歌集』** 現代短歌文庫70	1,870
50	河野裕子	**『続々 河野裕子歌集』** 現代短歌文庫113	1,650
51	来嶋靖生	**『来嶋靖生歌集』** 現代短歌文庫41	1,980
52	紀野　恵 歌集	**『遣唐使のものがたり』**	3,300
53	木村雅子	**『木村雅子歌集』** 現代短歌文庫111	1,980
54	久我田鶴子	**『久我田鶴子歌集』** 現代短歌文庫64	1,650
55	久我田鶴子 著	**『短歌の〈今〉を読む』**	3,080
56	久我田鶴子歌集	**『菜種梅雨』** ＊日本歌人クラブ賞	3,300
57	久々湊盈子	**『久々湊盈子歌集』** 現代短歌文庫26	1,650
58	久々湊盈子	**『続 久々湊盈子歌集』** 現代短歌文庫87	1,870
59	久々湊盈子歌集	**『世界黄昏』**	3,300
60	黒木三千代歌集	**『草の譜』**	3,300
61	小池　光 歌集	**『サーベルと燕』** ＊現代短歌大賞・詩歌文学館賞	3,300
62	小池　光	**『小池　光 歌集』** 現代短歌文庫7	1,650
63	小池　光	**『続 小池　光 歌集』** 現代短歌文庫35	2,200
64	小池　光	**『続々 小池　光 歌集』** 現代短歌文庫65	2,200
65	小池　光	**『新選 小池　光 歌集』** 現代短歌文庫131	2,200
66	河野美砂子歌集	**『ゼクエンツ』** ＊葛原妙子賞	2,750
67	小島熱子	**『小島熱子歌集』** 現代短歌文庫160	2,200
68	小島ゆかり歌集	**『さくら』**	3,080
69	五所美子歌集	**『風　師』**	3,300
70	小高　賢	**『小高　賢 歌集』** 現代短歌文庫20	1,602
71	小高　賢 歌集	**『秋の茱萸坂』** ＊寺山修司短歌賞	3,300
72	小中英之	**『小中英之歌集』** 現代短歌文庫56	2,750
73	小中英之	**『小中英之全歌集』**	11,000
74	小林幸子歌集	**『場所の記憶』** ＊葛原妙子賞	3,300
75	今野寿美歌集	**『さくらのゆゑ』**	3,300
76	さいとうなおこ	**『さいとうなおこ歌集』** 現代短歌文庫171	1,980
77	三枝昻之	**『三枝昻之歌集』** 現代短歌文庫4	1,650
78	三枝昻之歌集	**『遅速あり』** ＊迢空賞	3,300
79	三枝昻之ほか著	**『昭和短歌の再検討』**	4,180
80	三枝浩樹	**『三枝浩樹歌集』** 現代短歌文庫1	1,870
81	三枝浩樹	**『続 三枝浩樹歌集』** 現代短歌文庫86	1,980
82	佐伯裕子	**『佐伯裕子歌集』** 現代短歌文庫29	1,650
83	佐伯裕子歌集	**『感傷生活』**	3,300
84	坂井修一	**『坂井修一歌集』** 現代短歌文庫59	1,650
85	坂井修一	**『続 坂井修一歌集』** 現代短歌文庫130	2,200

	著者名	書名	定価
86	酒井佑子歌集	『空よ』	3,300
87	佐佐木幸綱	『佐佐木幸綱歌集』現代短歌文庫100	1,760
88	佐佐木幸綱歌集	『ほろほろとろとろ』	3,300
89	佐竹彌生	『佐竹弥生歌集』現代短歌文庫21	1,602
90	志垣澄幸	『志垣澄幸歌集』現代短歌文庫72	2,200
91	篠　弘	『篠　弘 全歌集』＊毎日芸術賞	7,700
92	篠　弘 歌集	『司会者』	3,300
93	島田修三	『島田修三歌集』現代短歌文庫30	1,650
94	島田修三歌集	『帰去来の声』	3,300
95	島田修三歌集	『秋隣小曲集』＊小野市詩歌文学賞	3,300
96	島田幸典歌集	『駅　程』＊寺山修司短歌賞・日本歌人クラブ賞	3,300
97	高野公彦	『高野公彦歌集』現代短歌文庫3	1,650
98	髙橋みずほ	『髙橋みずほ歌集』現代短歌文庫143	1,760
99	田中　槐 歌集	『サンボリ酢ム』	2,750
100	谷岡亜紀	『谷岡亜紀歌集』現代短歌文庫149	1,870
101	谷岡亜紀	『続 谷岡亜紀歌集』現代短歌文庫166	2,200
102	玉井清弘	『玉井清弘歌集』現代短歌文庫19	1,602
103	築地正子	『築地正子全歌集』	7,700
104	時田則雄	『続 時田則雄歌集』現代短歌文庫68	2,200
105	百々登美子	『百々登美子歌集』現代短歌文庫17	1,602
106	外塚　喬	『外塚　喬 歌集』現代短歌文庫39	1,650
107	富田睦子歌集	『声は霧雨』	3,300
108	内藤　明 歌集	『三年有半』	3,300
109	内藤　明 歌集	『薄明の窓』＊迢空賞	3,300
110	内藤　明	『内藤　明 歌集』現代短歌文庫140	1,980
111	内藤　明	『続 内藤　明 歌集』現代短歌文庫141	1,870
112	中川佐和子	『中川佐和子歌集』現代短歌文庫80	1,980
113	中川佐和子	『続 中川佐和子歌集』現代短歌文庫148	2,200
114	永田和宏	『永田和宏歌集』現代短歌文庫9	1,760
115	永田和宏	『続 永田和宏歌集』現代短歌文庫58	2,200
116	永田和宏ほか著	『斎藤茂吉―その迷宮に遊ぶ』	4,180
117	永田和宏歌集	『日　和』＊山本健吉賞	3,300
118	永田和宏 著	『私の前衛短歌』	3,080
119	永田　紅 歌集	『いま二センチ』＊若山牧水賞	3,300
120	永田　淳 歌集	『竜骨（キール）もて』	3,300
121	なみの亜子歌集	『そこらじゅう空』	3,080
122	成瀬　有	『成瀬　有 全歌集』	7,700
123	花山多佳子	『花山多佳子歌集』現代短歌文庫28	1,650
124	花山多佳子	『続 花山多佳子歌集』現代短歌文庫62	1,650
125	花山多佳子	『続々 花山多佳子歌集』現代短歌文庫133	1,980
126	花山多佳子歌集	『胡瓜草』＊小野市詩歌文学賞	3,300
127	花山多佳子歌集	『三本のやまぼふし』	3,300
128	花山多佳子 著	『森岡貞香の秀歌』	2,200
129	馬場あき子歌集	『太鼓の空間』	3,300
130	馬場あき子歌集	『渾沌の鬱』	3,300

	著者名	書名	定価
131	浜名理香歌集	『くさかむり』	2,750
132	林　和清	**『林　和清 歌集』** 現代短歌文庫147	1,760
133	日高堯子	**『日高堯子歌集』** 現代短歌文庫33	1,650
134	日高堯子歌集	**『水衣集』** ＊小野市詩歌文学賞	3,300
135	福島泰樹歌集	**『空襲ノ歌』**	3,300
136	藤原龍一郎	**『藤原龍一郎歌集』** 現代短歌文庫27	1,650
137	藤原龍一郎	**『続 藤原龍一郎歌集』** 現代短歌文庫104	1,870
138	本田一弘	**『本田一弘歌集』** 現代短歌文庫154	1,980
139	前　登志夫歌集	**『流　轉』** ＊現代短歌大賞	3,300
140	前川佐重郎	**『前川佐重郎歌集』** 現代短歌文庫129	1,980
141	前川佐美雄	**『前川佐美雄全集』** **全三巻**	各13,200
142	前田康子歌集	**『黄あやめの頃』**	3,300
143	前田康子	**『前田康子歌集』** 現代短歌文庫139	1,760
144	蒔田さくら子歌集	**『標のゆりの樹』** ＊現代短歌大賞	3,080
145	松平修文	**『松平修文歌集』** 現代短歌文庫95	1,760
146	松平盟子	**『松平盟子歌集』** 現代短歌文庫47	2,200
147	松平盟子歌集	**『天の砂』**	3,300
148	松村由利子歌集	**『光のアラベスク』** ＊若山牧水賞	3,080
149	真中朋久	**『真中朋久歌集』** 現代短歌文庫159	2,200
150	水原紫苑歌集	**『光儀（すがた）』**	3,300
151	道浦母都子	**『道浦母都子歌集』** 現代短歌文庫24	1,650
152	道浦母都子	**『続 道浦母都子歌集』** 現代短歌文庫145	1,870
153	三井　修	**『三井　修 歌集』** 現代短歌文庫42	1,870
154	三井　修	**『続 三井　修 歌集』** 現代短歌文庫116	1,650
155	森岡貞香	**『森岡貞香歌集』** 現代短歌文庫124	2,200
156	森岡貞香	**『続 森岡貞香歌集』** 現代短歌文庫127	2,200
157	森岡貞香	**『森岡貞香全歌集』**	13,200
158	柳　宣宏歌集	**『施無畏（せむい）』** ＊芸術選奨文部科学大臣賞	3,300
159	柳　宣宏歌集	**『丈　六』**	3,300
160	山田富士郎	**『山田富士郎歌集』** 現代短歌文庫57	1,760
161	山田富士郎歌集	**『商品とゆめ』**	3,300
162	山中智恵子	**『山中智恵子全歌集』** **上下巻**	各13,200
163	山中智恵子 著	**『椿の岸から』**	3,300
164	田村雅之編	**『山中智恵子論集成』**	6,050
165	吉川宏志歌集	**『青　蟬』**（新装版）	2,200
166	吉川宏志歌集	**『燕　麦』** ＊前川佐美雄賞	3,300
167	吉川宏志	**『吉川宏志歌集』** 現代短歌文庫135	2,200
168	米川千嘉子	**『米川千嘉子歌集』** 現代短歌文庫91	1,650
169	米川千嘉子	**『続 米川千嘉子歌集』** 現代短歌文庫92	1,980

＊価格は税込表示です。

砂子屋書房
〒101-0047 東京都千代田区内神田3-4-7
電話 03（3256）4708　FAX 03（3256）4707　振替 00130-2-97631
http://www.sunagoya.com

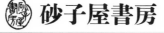